根本正午

仮象の塔または九つにわかたれたあのひとの遺骸をさがす旅

書肆山田

仮象の塔または九つにわかたれたあのひとの遺骸をさがす旅／根本正午

書肆山田

目次

3 左上の歯 29	2 上の眼球 19	1 右上の脳 9
4 左の心臓 39	9 中心の腸 89	8 右の性器 79
5 左下の手 49	6 下の背骨 59	7 右下の足 69

仮象の塔または
九つにわかたれたあのひとの
遺骸をさがす旅

1 右上の脳

かりそめの性器の塔は空に萎えたまま屹立しかりそめの
わたしは空に灰となってのぼりかりそめの社にまつられ
るうつほのくずれ鏡のひかりもえて炎がよびさます虫け
らたちの記憶虫けらたちの命ふみつけられるためだけに
うまれた避妊具たちの人形を囲うガラスのあちら側の女
たちの揺れる乳房より漏れる乳のしろさあまさに誘われ
妊娠線をたどり南へと南方へと黒潮のいずるところ緑の
眼球の宝石がとこしえに眠るところ電話をしている死ん
だ児と電話をしているおとうさん元気ですかおとうさん
はなにをしていますかおとうさんはどこにいますかわが
児よ仮象ノ性器ノ塔のうえにてみずからの傷でしるす九
匹の蛇がからみあう空のちゅうしんに陛下の尻浮かびひ
りだされるものこそ私のたましいわたしの血となりくず
れて土となり黄泉へとつながる穴より漏れる膿をふさぎ
あふれる海水をおしもどすわたしの家のくさった土台と
なり礎となりみえない石段をもってのぼるうつろな睾丸

くさりおちた肉は花に食われ千年に一度咲くという青に染まる下着の汚れよりこねあげた子供の親の子供の親の子供の親の子供の親の透明な家にいない父の面影で柱がもえていて塔をつなぐ道にたおれた兵士たちの骨が散らばる広場の皇居のスルタンの祈りの声がひびいてくる七億の色のステンドグラスよりさしこむ生者の世界より声がきこえてくるお父さんとよぶ声がだがなにもこたえることはできずなにもいうことはできずなにもかたることはできずほろんだ国のためにうたをつくるほろんだわたしのためにうたをうたうこわれている時計の針は閃光にてやきついており消えることのない炎が海の中でもえて泡立ちエイたちが避ける零度の船体をこえて性器の塔をのぼるのぼるが身体が痙攣していて腰が上下にうごいていていまにも破裂しそうなのに針で刺せば血が吹き出そうなほど昂ぶっているのにしずかでつめたくあいされていてあいしているので父の顔して蛇をふみころしている

ひそかに地下をながれる河につながる店舗のシャワーの
ながれる音をきく女のバスタオルの一時間一万円の写真
でえらべるカタログのきょうはどの女にしますかという
店主の眼鏡の東京のフィリピンのベトナムのタイの韓国
の日本語が上手な国籍を喪失した女がじつは子供がふた
りもいるのあなたの手はやさしいのねなにかをころした
ひとはやさしいわと新勝寺の不動のまえで祈る中年男を
撲殺した百センチの長さの木刀を声をなくした蟬たちが
棲む森に捨てて石段をおりてゆく明王の弟子たちが苔に
覆われたまま男の背中をみている名を持たぬ男の背中を
みているころすことはよろこびなぐることもよろこびひ
とをきずつけることによってえられるお金をかぞえてお
金をあつめてお金をためこんで倒れた卒塔婆の前にいる
割れた空より斜めに射し込む朝の光をひえた身体にうけ
て心臓がとまるまでの間に女たちのことをおもいだして
いる女たちよりうばったもののこともらったもののこと

赤ん坊の頭ほどの大きさの花うかぶ湖をゆく銀の舟の盥にたまる血の色は緑の星の蛇のくるった私の蜘蛛の糸のころされた女の家に火をつけた子供の捨てられた猫の眼の小川の水門に備えられた花瓶のころされたころされてころしている陛下のためにうたわれる私の国の裸の下半身より流れ出る白く濁った金を水葬しつめたい水にひたしてながすあのひとの思い出あのひとの記憶あのひとの面影だがとりもどせぬだがとりかえせぬおまえにはけしてゆるしはあたえられないおまえにはけしてすくいはあたえられない罰するものなく裁くものなくただただ七億の地蔵がみつめ続ける街道の黄泉路の死体を捨てる穴の中の国のにほんのちょうせんのたいわんの昭南のころしてころされてうれしくてほこりにおもって自分の父親が自慢でした自分の祖父が自慢でした自分の家系が自慢でした朝鮮人がころされています知りあいに殴り殺されていますま私の生まれた家の庭でころされうめられています

地の底の途切れることのない血脈皇居より這い出した蛇の迷路のなかを糸をたどる女の亡霊たちの青い横顔を通りすぎて毒ガスに満たされた新宿駅地下構内を経て浮浪者たちが焼け死ぬ紫色の煙を抜けて妻とあるく星のうかぶ湖のほとり舟が沈む舟にのった子供が沈む沈んだ底にねむり続ける黄金の鏡の表面についた汚れのような私の煙の行くさきの火葬場の消えることのない青い光の仏壇で燃え続ける熱のない蠟燭の卒塔婆が立ち並ぶ墓石だらけの日本人墓地にふる光の色をみていますかんじていますわすれていますあのひとの身体をもとめていますよろこびをもとめていますなににもかえがたいよろこびをさがしています蛇のようにからみあってふるえる一瞬をもとめていますもとめていますが海があまりにもしずかなので波がないので音がないので熱がないのでゆるしがないので浜辺で足跡だけを遺してきえたあのひとの後を追ってあるいてゆきますきえてゆきますさみしいです

くだかれた墓石の石段をかけおりる動物のしっぽの先の割れたガラスに映しとられた影のうちにひそんでいる女たちの子供らがあつまる河原にたっている黄色い空がひかっている私はここにいるとかいているわたしはここにいるといっている私はここにいないとさけんでいるだがどうしようもなくどうしようもない鬼の長い性器が床におとす影の枠内におりひろがる半島の枠内におり色のない電磁的な枠内におりピンク色の肉におおわれた四角い箱のうちにおり窓があるのに窓がないたくさんの部屋におりうつくしい黄金の景色が映し出されておりどこにでもゆけるがどこにもゆけない私がおり私の子供がおり私の父親がおり私の陛下がおり金色の尿を全身にうけて光り輝く栄光の帝国をふたたびよみがえらせるためのことばをさがして埋葬することばをさがして韓国語か中国語かマラヤ語かいずれを使ったらよいのかかんがえているところであり島に飛び散った白濁する海でしるしている

ちゅうしんの空白にすわる背中のない誰かの顔をはぎとってまとっていきているのでいきさせられているのでだれでもなくだれでもありほんとうの顔をなくしていやはじめからもっていないので余白にしるしたみずからの名前をなくしてそれでもころしていてだましていてころした名前をしるした手紙を海にすてたのですが舟から投げ捨てたのですが波紋がひろがり海にひろがり黒潮にながれて半島の東海岸にたどりついたのでかつて海があったはずの土地を高い神宮よりながめて土をほりかえして骨をあらって水をまいて名前をきざんでまたうめる火葬場がつくられる保育園のそばに共産党員がたっていて反対していて死はあちらこちらにころがっていてころがっている私はころがっているころがしている蜘蛛の巣にからまった不定形のなにかをたべているたべさせられている廃屋になっている庭にたおれたマネキンがつみあげられているもやしているもやしているのはあのひとの子供で

みたせうつわをみたせみえぬうつわを乾いた浜辺をみたす海をよびもどすためうめたあのひとをふたたびこの世につれもどすためにこの地へ水をよびもどすため礼をいわれていましたころしたことを感謝されていました感謝されていてほこらしかったので国のためにころさねばならなかったので蛇をあつめた縄で社の鳥居からつるしたのです家族全員をつるすとその体がぶらぶらとぬるい風にゆれていたのです石段はしずかでした石段に蟬の声だけがひびいていました螢たちはすでにいなくなり夏はおわりかけていましたもうすぐお盆になろうとしていました蛇のことをかんがえていますあの島でみつけた蛇が膣から体内にはいりこんで子宮のなかでやすんでいてずっと私とともに生活をしていて電磁的な窓枠から外をみるわたしの心臓の音をききながらねむっていたのですがある日目覚めた蛇は私にころすべきものをころせといったのですおもいだすべきものをおもいだせといったのです

消えることのない青くひかる炎よりできた灰を撒くと豊
かな草木がそだつという血の色をした果実をもいだ女の
背中に金色の文字がうかびさししめす地点にある店舗の
シャワーのカタログの中にいるひとりのわたしの下半身
の蛇の飲み込んだ卵のうちで飛びながら死んだ鳥は窓に
映る板で打ち付けた部屋の隙間より外の夏のひかりがひ
そかに射し込んで線をえがく部屋のあちら側にあのひと
のおもいでわたしたちのおわることのない転落が巨大な
楕円をえがいて河にいる魚たちがおびえて逃げだしたか
りそめの塔のもとで海の大きさがひろがっているので性
器をいくらあつめてもしょせん種無しなのでしょせん子
供をもつことができないのでしょせん暴力でしかかたれ
ないのでかたることなくかたっていてかたらされていて
ことばをうしなってかたっていてきえることはゆるされ
ずきえることだけをいのっていてたちならぶ塔より海に
しずむものをみて燃えながら身をなげてしずむあのひと

2 上の眼球

こわれているこわされていましたなにもかもこわされていましたこわれた砂の塔の上にいました塔のてっぺんはあまりにも太陽にちかいのでもえていました肌がもえていました髪の毛がもえていました血があわだっていましたきりさかれた存在しない傷のあちら側にあのひとの姿がみえましたみえましたがみえた眼がつぶれていましたつぶされていました青すぎる面影がきえていましたこわれていましたこわされていました塔をつなぐ血脈がありました祖父と父そして私そして死んだ子供をつなぐ一本の血塗られた道がありましたころされることなくひそかにどうどうところしておりころしていることがはずかしくもなくむしろほこりにおもっていてころされることをまちのぞみながらじつはころすことをだれよりもたのしんでいました下半身が命令するのです下半身だけが人間なので命令するのです三つの光にてらされてころしつくせとやきつくせとうばいつくせと命じられているのです

傷そのものをみよとあのひとはいいました見えぬものをみよとあのひとはいいましたあのひとは首を吊って死んだ両足の間から産みおとされた卵の殻のやわらかさで机の上におかれた人形のひびからにじみ出る紫の光でからっぽの眼窩にはめこまれていたものをさがしていますもとめていますみつかりません私の影のなかでみつけた祖父の写真はフランス人の俳優のようで医者をしていて妻をなぐっていますぶっていますことばで暴力をふるっていますこぶしで暴力をふるっていますなぐることが仕方のないことなので仕方がないのでじぶんがくるしくて仕方がないのでなぐっていてきずつけていて自分もきずついていてでもどこかに楽しさがあってどこかによろこびがあってなぐっているときだけうれしくてきもちがよくて記憶していて踏みつけている靴の表面に映っている自分の頬の赤さにどこかなつかしさを感じてあのひとの膝にできた痣の色をおぼえていていてなぐっていたのです

□

しねばみえるわとあのひとはいっていました月が焦げついてちぎれた雲の隙間よりみえて小舟は音のないだるい波にゆれてぼくとあのひとは方角のない円形の水のうえにうかんでいました水面にうつるものにまどわされて底にしずんでいるものがみえませんでした底にしずんでいるものがきこえませんでしたらうみのこえがいかりのこえがわだつみのこえがきこえますおまえたちはのろわれているのだとおまえたちのちはよごれているのだとおまえたちののろわれたちをきよめるために私は塔をながめています血がつまった臓器をかたどった九本ノ仮象ノ塔をながめています剝がれた鱗をまきちらしながら角のはえた蛇が空をおちてゆきますその身体はすきとおっていて骨がみえます内臓がありません内臓があるばしょにくろい空洞がみえます空虚がみえます産まれる準備ができた赤子のように空虚を胎内にかかえこんでいますただしわらうことはなく笑みをうかべることなく黙っています

みえたしゅんかんにぼやけるあのひとのうしろすがたあのひとのふとももあのひとの乳房あのひとのあのひとあのひとのあのひとのあのひとのあのひとをみているみつめているみつめていたはずなのにみつめることができず視線をそらしてなにもない空をみているなにもない海をみている銀の車輪がまわっているまわって影をつくっている肉でできた地面に影をつくっているながれているあかいものがながれている傷がうまれている傷のなかにひそんでいるあのひとのこえあのひとのすがたあのひとのわたし自身あかいことばがうまれていることばがうまれる場所に亀裂がありさけめがありさけめからおしだされるようにして蛇がはしってゆく水面をすべるようにうごいてゆく緑色にかがやく水面を煮えたぎる湖の鏡の円形の太陽を裂くようにしてすべってゆく煙がたつ塔のてっぺんでもやされるあのひとの遺骸よりつくられた蠟をあつめて袋にいれてひとにみえない場所にしまっておいて

天よりながれおちよ銀にもえる星天蓋にふたをされたみえない部屋におり自分の気持ちを書き記していますみえないことばでかきこんでいますかきこんでいますがどんどんきえてゆきます足からきえてゆきます性器がきえます腸がきえます背骨がきえます手がきえます心臓がきえます歯がきえます眼がきえます脳がきえますすべてがみえなくなった透明なわたしが生きていて死んでいます地面に落ちている枯葉土のうえでたおれている子供砂浜に放棄された骨壺もえる位牌羊水の温度でしんでゆくあのひとの横顔をさがしてあのひとのいきていた時代をさがしてみつかりませんあのひとの笑顔があのひとの肉体があのひとの全身がみつからぬものをみつからぬ遺骸を九つに分解されたあのひとの九の部分を九つの塔に奉って手をあわせるのですがあわせる手がないのでいのる資格がないので四角く区切られた電磁的枠組のうちいのることもできずいきることもできず透明なままうめいている

うめたうめられたうめられているうめたはずのあのひとの眼球にうつしだされる風景の四角い枠組の中で文字がふりしきる文字がふりつづける文字が傷をつくり傷をふさぐ肉となってみわけがつかなくなり下半身にできた傷に傷をかさねてこどもをつくりこどもをおろし海にながして沈んだ戦艦をこえて手すりに縛られたままの骸骨が海水にゆれてシャワーの雨は銀色で排水溝はさびていてなまあたたかい温水が背中をぬらしていて苺のようにひろがった肛門と女をながめていて一本の串で身体を前から後ろへとつらぬいた姿の肉をみつめていて中心が空洞でうつほでなにもはいっておらずなにもいれることができずなんでもとりこんでなんでもわすれてなんでもながしてとどめることができず土がくずれて土手が崩れて崩れた土で埋まる献花を持つ小さな手年老いた手波に飲まれる波に切りさかれる途中で切り落とされた手はなにかを摑む形でかたまっていてなにかをもとめているのだが

のこされたわたしののこされていないぶぶんののこされていないこころののこされていないあのひとの身体のいちぶのいちぶのかけらのかけらのくずれた姿をあつめて結像する眼球のふたつのうちひとつは割れて壊れて捨てられたのでもうひとつを大事にもっていたので大事にもっていたのですが壊れてしまって壊れてしまったので捨ててしまって捨ててしまったので名前がわからなくなって名前がわからなくなったのでおもいだせなくなって思いだせなくなって一時間八四二円の価値の自分をあいしていて自分をとても愛していて誰よりもあいしていて自分がいちばん大事なので自分のこころをまもることがなによりも大切なので大切なので自分がいちばんなので日本がいちばんなので部屋の外にでることなく窓をとざして青い画面をみつめていて青い画面はうつくしくてうつくしいのでとらわれていておもいだしたくないものをわすれようとしていてわすれていていておもいだせなくなって

かさなるかさなっているかさなっていてかさなっている
かさなるかさなるさかのうえさかのうえであのひととで
あってさかをくだってあのひとをうしなってさかをのぼ
ってさかのさきにはなにもなくさかをのぼったのになに
もえるものがなくさかのあちらがわはくろいあながあい
ているだけで空虚に流れ込む水をみていた貯水池に緑の
水が満ち中央にうかぶ銀の小舟のうえ真上から日光が降
り注ぎあのひととあのひとの子供が舟の上で傘をさして
すわって笑顔でこちらをみつめていたわたしは眼球だけ
になって存在しない岸辺のこちら側にいて河のこちら側
にいてあちら側にいってしまったものたちをみつめてい
たみつめていることしかできないのでみつめていたみつ
めていましたみつめていたのですがみつめていたはずな
のですがいつか眼がくさってしまったのでみえるものが
みえなくなってしまったのでみえていたはずなのにみえ
なくなってしまったのでこうしてだまってくさっている

こころにあながあいていますあなそのものになったあのひとのかおをながめていますながめていますが焦点を合わせることができないので珈琲に映る金色の明かりが歌舞伎町のまずい喫茶店の煙草の煙が黄色くなった壁に取り付けられた蛍光灯から降り注いでいました汚れたガラスのあちら側に激しい雨が降っていて傘を忘れていったあのひとが靖国通りを走ってゆきその小さな後ろ姿がゲームセンターの脇道へときえてゆきましたきえてゆきましたが私は冷たくも温かくもない金属製の椅子にすわって見つめていた眼球をとりだしてながめているながめていてながめていたはずなのですが目盛りがついた眼球をあるべき場所にはめこむことでよみがえるあのひとの地図あのひとの命そのためにあつめる九つの塔にかくされたあのひとのうつくしい身体を切り裂いた遺骸のうちひとつ眼球をあいしていてもとめていてそのひとつをみつけることもなくわたしの眼はみえなくなりみえなくなる

□

3 左上の歯

歯痛のような記憶のちらばる乳母車のつくる轍にうもれた歯はなぐられたあのひとのなぐっているわたしのなぐられているなぐられていたなぐっていたなぐりつづけていたわたしの拳にささった白くひかる宝石の引きちぎられた首飾りの真珠の貝のうちにかくされた赤子のファミレスのファミレスの席の窓よりみえる筑波山の房総の河の土手の花火のうちすてられたホテルのロビーの灰がふりつもる床の白い亡霊の亡霊のすがたであのひとがよみがえる骨のかけらにてよみがえる精液のようにやわらかく透けるあのひとがリバーサイドホテルのファミレスの近くの駄菓子屋の死んだ老婆の店主のひからびた手ににぎられていた手紙のわたしのわたしの罪のわたしのやったことわたしのしてしまったことわたしの反省することなどできぬことわたしの父の祖父の曾祖父のわたしのわたしの子供らがハンバーグをたべている子供らがむらがってたべているハンバーグをこねている妻がこねている

よごれた海に轍がつづいていくよ破ることができない写真やぶりすてられないしゃしんやぶっても復元されるしゃしんフォトショップで処理されて最初からひとりで最初からひとりだった写真のとなりにいるみえないあのひとのすがた妻とあのひとのちがいをさがして妻の横顔をみつめてふとつめたくみえるその顔のさきに死んだ猫がよこたわり車にひかれてつぶれて歯がアスファルトに散らばり身体の部分がばらばらになって雨がふりはじめて雨がふりはじめているのでながされてしまってながれていってしまってかつてひとつの生き物だったものが拡散して散らばって土になってながれて側溝へ暗渠へ小野川へ利根川へ銚子へ黒潮のぶつかる水のうつほへながれこみ渦のいちぶとなってみわけがつかなくなりあのひとの裸体をアイフォンで撮影して高解像度で画素数が多くてほんものみたいにとれてすごいねといやらしいねと女児たちがいっていて自分の局部を撮影するよう命じていて

入口にはえた歯に傷ついた性器のねじれた道をゆく水の垂れおちた先のたまりの黒さのぼやけた道のあるいているわたしのあのひとのこどもの空のはじめて行った遊園地の観覧車のゆっくりとまわる観覧車のなかの約束と海がみえたのです海がみえていたのです海はとおく水平線はとおく水の上に抜け落ちた歯のようなタンカーがうかび黒い空虚のような太陽がひかることなく校舎のなかで性交をしていましたあちこちで性交をしていました自然公園で猿たちにまざって性交をしていました美術室でしていました図書室でしていましたホールでしていましたプールでしていました更衣室でしていました鍵のかからない部屋でしていました窓のない部屋でしていましたなんのためにしていましたかさみしいからしていましたくるしいからしていましたなにもえられないのでしていましたまいにちしていましたあきずにしていましたすきなのでしていましたすきとおもっていたのでしていました

上から下に抜けるだけのいきものなので食べ物をいれてだすだけのいきものなので良いことと悪いことがわからないのでわからないはずなのでわからないはずなのに下半身はべつでした下半身だけが糞を生産する機械であるわたしがはいずり回る庭でわたしを人間にしてくれる装置なのでした下半身によって空をとぶことができました塔へむかう鳥になることができました精液をあふれさせながら蛇の血より逃れながら空へ飛ぶことができましただめでした太陽の光にやかれて途中で森におちましたプールにおちました枝に肌をひきさかれながらまっすぐに落下してゆきました落下しながら重力にまけていました重力によってからだがおもくなりだんだんと加速してゆきいつのまにか楕円をえがいてあのひとのまわりをまわる星になっていましたあのひとのまわりをまわる流星になっていました空をななめにかけおりる星の姿をして燃えながらおちてゆきました名をえることなくおちました

天の内臓をとおりぬけ内壁を傷つけて知らずとほかのいきものをふみつけていてころしていてつぶしていていきているだけでなにかをころしておりふみつけておりなぐっておりふるえる拳をどうしようもなくどうしようもないので丘の中腹で休む女のうしろに立つ水子像の身体をそっとあらうあらった水がながれて女の足の間に黒い池をつくって顔がうつっていますみえない顔がうつっています顔のない顔がうつっていますわたしはくろであのひとはくろでどのかおもみえなくなっていましたどの文字も読むことができなくなっていましたすべてが記録されているのに符号化《エンコード》されているのに鍵《キイ》をなくしてしまったので鍵をなくしてしまった子供なので家にはいることができず家の中よりきこえる男女の嬌声に身体がうずいてもすることがなくただチャックより中にいれた右手があたたかく脈打つ雛のような性器に触れるだけで英語がきこえて英語がながれていて英語なので何もわからなくて

わからないまま石の雨のなかをすすむ子供らがあそぶ噴水の公園の七色のタイルは剝がれ宙に舞ってその場でとどまっていて首をおとされた虫のように身体がのたうつ子供らの歯はなくわたしの歯はなくそのまま飲まねばならないのでそのまま飲み込まねばならないのであのひとの精液あのひとの乳あのひとの血をかむことなくよりわけることなく飲まなければいきのびることがゆるされないので石がふりそそぐ内陸の街のイオンモールの近くの郊外の老婆がひとりですわってコオロギの太った腹をながめている老婆がいるそのベンチのちかくで凍りはじめた噴水の水のなかにとじこめられた私の姿のあのひとのあのひとに犯されたわたしのあのひとにころされたわたしのあのひとにあいされたわたしのあのひとの歯の痕はきえることなく火をはなっていて庭の紫陽花の枝にひがついてもえあがり庭にできた小さな足跡にじゅんばんにひがついてゆきもえあがるそらにうかぶことばあの名前

飛び石のようにはねてすすむ記憶がくずれてゆくこぼれてゆくおわったものをとりもどすためにおわったものをただしく埋葬するためにころされておりころしておりころされておりころしておりふたたびころしておりほりかえしてなおころしておりもやしてももやせないあのひとの骨をあつめてもやして灰にしてあきたらずあきたらないのであきたることがないのですくってほしくてすくってほしいのですがすくってほしいだけではなくゆるしてほしいのですがだれにゆるしてもらえばいいのかだれがゆるすことができるのかわからないのでわからないままいきていてわからないままうしなっていてわからないといいながらわかったふりをしてななめにかたむいてあいてゆくのですがわかっていたはずのあの日にかえりたいのですがかえることができないので舌にのこった味と鼻腔にのこったにおいだけであのひとのすがたをおもいえがいてなぐさめていてなぐさめているのでしあわせで

扉のあちら側にはなにもありませんでした扉のこちら側にもなにもありませんでした扉をつくるためにも壁がひつようなので壁をつくるために必要なあのひとを準備してあのひとをそこにおいてあのひととの違いをつくりだして差異にもとづく紫陽花が咲いています庭に咲いていますす紫陽花の下にハムスターが埋まっています死んだ鳥がうまっています捨てた猫がうまっていますあの子がうまっていますうまっているのでほりかえすことができないので灰にしたはずなのによみがえってくるので泥をこねあげてつくりだした塩でできたあの国のあの父のあのわたしのあの血のながれる先の丘の上にたつ塔の慰霊のたくさんの死者たちの声のためのきこえない音のための川のそばに建つ家の畳のすきまの下をふきぬける風にのっていま風にのってわたしがとどきますとどかないわたしがとどきますつくられた仮象のちがいをこえてわたしがとどくことなくとどいてとどくことなく跳んでいます

ひらいた口をとおる声のやわらかさでひらかれた国のひらかれたわたしのひらかれた遺骸のひらかれた畑のひらかれた種のひらかれた黒板に書き残された電話番号のさみしくなったら電話してほしいのと一回あたり一三〇〇〇円でＯＫよでもホテル代はべつにはらってねというガラスの箱のガラスの天井のガラスの床のなにもかもすきとおってみえる時になにもかもすきとおってみえるわたしのなにもかもがみえているとかんがえられる時のわたしのあなたのあなたのわたしのたくさんのわたしのわたしの電磁的幻影または幽霊をおいもとめる劣化した幽霊をおいもとめる画像が劣化した幽霊をおいもとめるこわれた遺影の品質が劣化した画像をあのひとの裸の映像にのこされたべつの男の歯の痕跡にモザイク処理をして顔をみえなくして入れ墨をみえなくしてなにもかもみえなくして気に入ったものだけをみえるようにしてみていますみていましたしあわせな関係をつくってみていました

4 左の心臓

みていないのにみているのできいているのにきいていないのでかたっているのにかたっていないのでわたしの心臓のうごきをえがいている砂で電話で回線がつながっていてあのひとと電話をしていてかたく脈打っていてはり裂けそうで血が吹き出そうで吹き出しそうだったのでソファのうしろにかくれた鬼の姿をした娘の姿をした子の姿をした電磁的幽霊のしっぽをつかんでつかんだのに手がすべり血ですべり転んでタイルにたおれてタイルに石鹼が泡立っていて波のようにみえて長い髪の毛がからまっていてからまっている髪の毛がながれていて脈うつ音がきこえますきこえています音がふたつにかさなった心音がふたつにかさなっていたはずの心音がひとつになりふたつがひとつになりひとつが零になり大東亜がほろんでおおきな国がほろんでおおきな物語がほろんでちいさなわたしのものがたりだけがいきのこってわたしだけがいきのこってだれもかれも死んで心臓だけが動いていていて

ふたつにわかたれた塔でベッドでキッチンで教室で丘の社跡で鼓動でつたえていて鼓動でやりとりをしていて鼓動でかんじていてうしなわれているので鍵がうしなわれているので鼓動の意味がわからずはげしくうごいているのにはげしくつきあげているのに〇と一の信号がつみかさなる意味を読み解くことができずになくしているうしなっているわすれているかんじているかんじていることだけがしんじつなのでしんじつは世界をこおらせることばなのでまじわっているだけでまじわっているだけでしあわせなのでまじわっていなければしんでいるのとおなじなので虫けらたちが獣たちが太陽と月が海がまじわっていてとけあっていていてとけていてとけているそのすがたがわすれられずただみているあのひととただみていました裸でみていましたただみているだけでまんぞくだったのですがみているだけならよかったのですが触れてしまったので心臓に触れてしまったので死んでしまいました

やけているあついといっている灰のなかでうごめいている臓器が血をはきだしているあついといってもえているやけているやけているのにうごいていてやけているのにいきていてなにかをつたえたいとおもっていてうごいているので風に声がのって風を声がきりさいて風が声でこわされこわされてみえない亀裂がはしるわたしのわたしのこころのわたしのこころのすみにいるあのひとのうつくしい横顔をおもいだすことなくおもいだしている死んでしまったのでしんでしまったのでしんでしまったのでいきているきれいな半透明の魚がたくさんいた小川の縁のコンクリートに半ズボンで腰を下ろしてしろい足をぶらぶらさせる足の先の爪の朱色の水がこぼれて水がこぼれていて姿がゆがんでいて波紋がひろがっていて波紋のうちに魚たちがかくれて水槽があって水槽がある部屋にあのひとがいてあのひとが一回あたり三五〇〇円で仕事をしていて蛍光灯であおじろくやける太ももをみていて

はしる水銀の速度でゆくこぼれた光の土にできた影のやけたわたしの肉のあのひとの肉の肉のよろこびの壁にできた汗のしみの地図の名前のうしなわれた家の柱にかくされた玩具をさがしてさがしているのだがさがしているのですがみつかりませんみつかることなどないので浅すぎるプールでくるぶしまで水につかって掃除をしています季節は夏で午後でいやいつも夏だったのでいつでも夏だったので午後に庭のプールの掃除をしていてプールをみがいていて底にしずんでいたものをひろいあげて空をみあげると白熱した雲に穴があいていてそこからまっすぐに光がおちてきていてプールがきりとられていて庭がきりとられていて家がきりとられていて近所でだれかがだれかをなぐっている音がしていてだれかが悲鳴をあげていてだれかがないていていてわたしがないていてわたしがなぐっていてみわけがつかないのでみわけはいつもつかないのでわたしはことばをうしなってたちつくしている

Sという島とNという島をへだてる海をわたるわたって
いるちいさな船でわたっているながされている潮騒がき
こえている潮騒がきこえていない潮騒がくずれている音
がこわれている音が分解されている光が分解されている
分光している七億に分光しているわかたれるはずのない
あのひとわけることができないあのひときりわけること
のできないあのひとの心臓の鼓動をおっていていきてい
てテレクラであのひとをさがしてピンサロであのひとを
さがしてヘルスであのひとをさがして黄金色の水の中で
あのひとの面影をもとめていて旅のはてにはくらい排水
溝があり仮象の街の地下をはしるひそかな水脈はすきと
おる骨のいろをしていて魚たちが目をうしなったままお
よいでいてあまりにも透明すぎてなにもみえなくなり島
と島のあいだにしずんだ船団のなかにある記憶をさがし
て海をわたる風をわたる島をわたる緑色にゆたかな海を
河口を半島を皮膚病の老婆がすむあばら屋をこえてゆく

ばらばらになってしまった解体されてしまった肉はくさりはじめがいちばん美味だというあのひとの肉体のあのひとの性器のあのひとの心臓のあのひとの爪のあのひとの指がしるしたみえない文字をしるして知る不可能なことと可能なことふたつはおなじではないことをばらばらになった存在でばらばらになった国でばらばらになった時代でばらばらになったばらばらのわたしをつらぬく一本の血管をくだる血管をくだってゆく血管をくだるわたしの小さな船をつかって南へと南へと南のほうがくにあるというあの場所へとむかうわたしのわたしはむかっているあの場所へむかっているゆるされる場所へすくわれる場所へ願いがかなう場所へあつめているきょうもあつめているきのうあつめているあしたあつめているあさってあつめているかけらをあつめているしたいをあつめている肢体を眺めている毛をむしられた肌をながめている痣をながめているなおりかけた傷のもりあがる桃色の肉を

なおっているはずのなおっていたはずのなおっていたはずでなおっていた傷よりながれるながれてながれるながれてながれる血のながれているながれていたながれているはずの血の傷の傷のなかにひそんだわたしの傷そのものとなってあのひとのなかにいるあの児のあの川の土手のそばでくさっていた魚のわきでしゃがんでいた子供の水たまりの草むらのなかにかくれていた蛇のにげている蛇のにげた蛇のおよぐ水の波紋のつぎつぎにきえていく波紋のかさなるしゅんかんの夏のおわらない夏の夏がおわっていないので夏がおわることがないので南にながれており南にながれていっておりながれてしまっているのでながれていってしまったのでながれながれてくずれくずれてかたまった血が土となり土があつまり島となり島があつまり半島となり半島があつまり大陸となり大陸がちぎれてふたたび島となり島がしずんでわたしがしずんで社もしずんでしずんでいるのでなにもわからなくなる

みわけがつかない境界線でみわけがつかないあのひとをあのひとのみわけがつかない鼓動をかんじていましたかんじることができていましたたしかなうごきたしかなあたたかさたしかなつめたさ海に沈む船の鋼の柱にしばりつけられたまましずんでいてしずんでいるのでしずんでいるほかなかったので海底よりみあげると円形にきりとられている空のきりとられている空のいろの空のいろのいろのなかのいろのなかの色をみていて七色の虹がきりさかれた雲の国の花々のながれのこわれたあのひとのわたしの児のころされたころしたころしているころされているいつもころしているいつもころしてしまっているいつでも踏んでしまっているなにもころしたくないのになにもしりたくないのになにもきずつけたくないのに殴っていて殺していて切り裂いていてテーブルに血痕がしっぱいした結婚がしっぱいした人生が破産した銀行口座が離婚届が湿気がこもる家の猫の墓の前にたたずんでいる

電磁的な風のふく音のない空間に塔の窓の鉄格子のあちら側より懐中電灯で信号をおくってきたあのひとの心臓の鼓動をかぞえてかぞえかぞえて復号化《デコード》されることばの波にのってながれる血がながれるながれている精液の河にかくれた児の骨の魚の透明な身体をながめて骨がおよいでゆきくだって熱帯雨林にながれて巨大な性器のような魚がじっとひそむたまりを横切って錆びついた戦車がくさる森をぬけて猿たちがあそぶ公園をこえることなくふみとどまり砂場にたちどまり砂場をほりかえすほりかえすとひとをきずつけるためにつくられたものをみつけてひとをきずつけるための宝物をみつけて大事にしまって鍵のかかる小箱にしまって小箱をあずかって小箱のことを忘れないでねとあのひとにいわれていわれたはずなのにわたしは記憶をなくしてわたしはあのひとをなくして思いだすことなくあの箱をさがして箱の中にはいっていたはずのなにかをさがして月の光にいまやかれている

5

左下の手

つないでいるきりとられているきりはなされている手の塔の電話の電話をしていました電話をしていてあのひとと一時間三四〇〇円の電話をしていてあのひとが値段についてきいていてあのひとが下半身についてきいていてあのひとがホテル代についてきいていてあのひとがじつはあのひとなのではないかとたずねていてわたしはこたえていてわたしはこたえているわたしは電話でこたえているわたしは顔のないあのひとにこたえているあのひとの顔のない存在にこたえているあのひとがいないからあのひとがとりもどせないからあのひとがどこにもみつからないからあのひとの姿を星の影にさがして砂丘の窪みにみつけて重力にまけた庭でみつけてゴミ収集車のそばで眠る猫にみつけて窓のない部屋でみつけてさがしていてさがしていてつながっている手の感触をもとめてきりとられるまえのきりとられるまえの全体だったわたし全体だったあのひとかえるほかないがかえるところがない

指がさししめしているあの地図あの場所あの家かえることのできないはずのあのひとの横顔の蛇口の水はながれつづけていて男と女の金の浴槽をみたして奇妙な香のする肛門を下からみあげていて雨の音がはげしくなり水音がはげしくなりホテルの受付の延長しますかがはげしくなり指がシーツをつかんでいるので地図がみだれ時間軸がみだれ血の痕がみえなくなりみえなくなった肌の裏側の内臓にふれることができるゆいいつの指のゆいいつのあのひとの指をさがして指はえがいていましたフレンチフライをつまんでいました指は美術室の鍵をこっそり開けていました指は破裂しそうな肉をそっとつまんでいました指のなめらかさがなによりも必要だったので指のなめらかさがだれよりも必要だったので指のつくる影のうちに隠れて波間に浮かぶ遺骸がはいったトランクを追って小舟に乗って波止場をでるエイたちが海底でおよいでいて奇妙なぐらいに海底までがすきとおってみえていて

たくさんの手がしずんでいますたくさんの手がきりおとされてしずんでいますつながることができなかったのでどこにもつながることができなかったのでだれからもきりはなされてしまったのできりはなされたことそのものがしずんでいますあたたかい海にしずんでいますしずんでいますがしずんでいるのですがしずんでいるのにどこかで声がきこえますよんでいますだれかがよんでいますだれがよんでいるのでしょうかだれがわたしをよんでいるのでしょうか母は死んだので母ではなく父も死んだので父ではなく陛下も死んだので陛下でもなく怒りの顔をした不動がよんでいますゆるす顔をした如来がよんでいますしかしゆるされないのでさいごに残るのはいかりなのでかなしみはこの世のどこにも居場所がないのでわたしもこの世のどこにも居場所がないのでいきていますいきていますがしんでいます手のひらをみながらしんでいます手のひらの運命をたどってしにながらいきています

しんでいる手しんでいるわたしのしんでいる指しんでいるゆびのしんでいるゆびのふるえのゆびのふるえのふるえのふるえのふるえの信号の信号にもとづくたすけをもとめる声の声のきこえる声がきこえています声をもとめていますもとめていますがあたえられていませんもとめていますがあたえられませんどこまでいってもひとりぼっちなのであたえられることはありません指が書いています指が書いていますかいているのはかいていたのは地図で宝がうまった地図をかいていましたあのひとがいやあのひとの名をださないわけにはいきませんあのひとの名前をかかないわけにはいきませんAの地図はBの地図はCの地図は七億のわたしの地図のちゅうしんになにもしるされていないので電話をしています電話をしていて電話をしているのですがだれも返事をしないのでもしもしといっていてもしもしとくりかえしていてだれも返事をしてくれないのでひとりでもしもしといっていました

おまえの道はみつからないといっていたあのひとの親のあのひとの子のあのひとのわたしのわたしの高速道路のそばのあばら屋にすんでいたマラヤ人の娼婦の足下にながれついたヤシの実をひろってかわかしてみがいて斧でふたつに割ってなかにかくされていたものをあのひとはかくしてしまったわたしは電磁的迷路の扉の扉の扉の扉の内側にはいりこみ紙と紙の間の間隙を内臓を指でわけるようにしてすすみすすんですすんでいたのですがすすんでいたはずなのですがなにもかんじられなくなって青く濁った液体に足をとられていて洗剤がつかわれていて殺菌剤がつかわれていて体液を効率的に衛生的にあらいおとすための薬が何種類もバスタブの脇に準備されていてピンク色の瓶がならびそのうえにひそかにひかる監視カメラのレンズについた男の太い指紋にきざまれた道きざまれた轍が土のうえで死んだ蛙のすがたで死んでひからびていてよみがえることなくかわいている土の色は赤

あきらめませんみつかるまではあきらめませんかつまではあきらめませんつたえるまではつたえるまでもないものをつたえるほかなくつたえるまでもないものをつたえるよりなくつたえる水をつたえて水が指をつたい指が水をつたいつたう先につられた遺骸のシュロの木に揺れる南十字の下の蟻のまわりに集まった血のとけた肉のとけた肉のよろこびのよろこびのためにつくられるお金のお金のためにはらわれる女の女のはらった財布の財布のために飼育された家畜の家畜のために準備された食卓の食卓のうえにならべられた複数の皿の上に積み上げられた塩の山の山の姿の姿のひとの面影の横顔のいっしゅんの間に塩となったあのひとの思い出の億をこえた貌の分解されたあきらめたあきらめていてあきらめているのであきらめているはずなのでつたえることなく指をつかうことなく手をにぎることなくつたえられないものをつたえるために切り落とされた指を拾いあつめてさがしている

何千本の指がうまる砂浜を貌のないあのひとを手を繫いであるく届くことのない潮騒を夕日が焼いていて凍っているる燃えているわたしの下半身よりこぼれおちた血の航跡が砂に諸島をえがき半島をえがき大陸をえがきわかたれた日の本の国をえがき九つにわかたれた遺骸の在処をさししめしており指はちゅういぶかくかくされたあのひとが飛び降りたマンションの壁のいつもヤモリがはりついていた生暖かいコンクリートの内側の埃まみれの照明の影の下にかきこまれた生理日と来なかった出産日の記録をみつけたのは阿媽さんでつまりマニラ出身のメイドが死後になってそれをみつけたので警察はなんのことかわからずその情報を落書きにすぎないと断じて採用しなかったので記録をあつめて青い水晶のうちがわに隠した記憶をあつめてよんでいる名前をよんでいるほんとうの名前をよんでいるかくされた名前をよんでいるけして発話することのできないあらわれることのないあの名前を

その名前はかさなっていた幾千の名前がかさなっていた
墓碑銘でかさなっていた患者名でかさなっていた同窓生
でかさなっていた戦死者でかさなっていた犯罪者でかさ
なっていた離婚者でかさなっていたなにもかもかさなっ
ていたので区別をすることができなかったのでかさなっ
ていてかさなっていてかさなっていたかさなっていた傘
をもったあのひとの赤いレインコートにはねるスコール
の雨粒と濁流に飲まれる声ながれこむ水にのったパラフ
ィン紙でできた小舟は誰がつくったのか誰と一緒に乗っ
ていたのか子供がつくったのか息子がつくったのかわた
しがつくったのかわたしがつくっているものは血によご
れているよごれていてきれいである指はよごれているあ
らってもよごれはおちないよごれがおちない指をもった
ままキッチンでたちすくんでいて皿の上につもった残飯
がくさり子供のすがたがきえて妻がたっているあなたの
せいだといっているすべておまえのせいだといっている

うしなわれたことそのものがうしなわれうしなわれたこ
とそのものがわすれられうしなわれたことそのものは喪
失の影をえがく切り絵のベビーベッドに落ちる動物の赤
子の笑い声の水音の雨が吹きつける窓の公園のどこかに
住む野良猫の野良猫の血にまみれた毛のつま先の足跡に
のこされた血の指でえがいた父という文字の父という漢
字がよめなくなりちちというもじがのこりちちというもじ
だけがのこり氷のなかに閉じこめられた船が螺旋の回廊
をゆくのぼってゆく空へとのぼってゆく如来の空へとの
ぼってゆくゆるされているのかゆるされているのさゆる
されているからゆるされているからのぼってゆくはずな
のさと思うわたしの足はきりおとされわたしの指はきり
おとされわたしは落ちているわたしは泥の中におちてい
るマングローブの森の海にただよっているあさい砂利の
上に漂っているあさい白砂の上を漂う猛毒のクラゲとな
って漂って指をうしなっている過去とその貌をわすれて

6 下の背骨

骨をさがせよあのひとの背骨つみあがる積み木つみあがる木材つみあがる港つみあがる庭つみあがる海つみあがる塔つみあがるあの家にいました庭で子供があそんでいます土の上であそんでいます切り取られた空に凧がうかんでいます糸は家の裏にあるジガバチが棲む中学校の校庭でみえない手をもった少女があげています校庭の中心に穴が燃えています瓦礫がさがしていますわたしが少女の裸をみています裸をさがしていますいつでも裸をさがしています服を剝いだ果物の肉がしたたる包丁を研いでいます浜辺にあらわれた白い背骨が波にあらわれてこわされてくずれています避妊具がちらばる黒砂にあるいてゆく足跡だけがみえない少女があるいてみえる少女があるいてゆく骨が直立して勃起してまるで骨が入っているみたいねと女がソファでいっていてソファで足をひらいていて金色のテレビから放出されていて光がおちていてシャワーの音がながれていてくずれないものがくずれる

さまざまな色に分解されるあのひとの裸体をかさねあわせると地図ができます裸の地図ができます皮を剝いだ地図ができます傷跡でえがかれた痣でえがかれたえぐりとられた肉でえがかれたえがかれたわたしのわたしの怒りの憎しみの悦びのあるキッチンでマンゴーを剝いていました平べったい乳首の種をスプーンで削って錆のまざった水道水で骨をあらって骨をきれいにあらうときれいにあらえといわれていました電話でいわれていました命令されていました排水口より這い出る声がしていましたおまえのさがしているものはみつからないと声がいっていましたわたしはソファの上にのこされた汗の痕跡を舌でたどるしんだ猫のしんだ鳥のしんだ蛇のしんだ遺骨の仏壇の蠟燭のきえることのない炎の熱がわたしのこころをあたためていてわたしをゆるしてくれるような気がして蠟燭をみつめていましたじっとみつめていましたゆれる炎からつよい風がひきさいてとかしていました入道雲を

腐った木柵にかこまれたうめられた広場の骨の名をなくしていて名前をわすれていてころしていてころしているので名前をわすれていて骨をあつめるとひとをつくることができます卵の殻が粉になって雛がやかれていてこげていて浅い海水に毒のクラゲがただよっていてながれている金色の血ながれている青くそこねられた花びらの色のない色を丸太がころがりおちて坂の上の社の夏芙蓉の大岩のおちてゆく坂をのぼっておちてゆく坂を逆向きにおちてゆく反転した重力のさきに逆立ちのあのひとが屋根に素足をつけてぶらさがっていて黒く湿った縄がたれさがっていて梁の上に猫がいて猫がひかっていて猫の餌が床下の貯蔵庫に入っていて子供をさがしていてわたしが殴ったので骨がおれていて手首がおれていて痣ができていてなおりかけた傷が氷でひえていてひえた穴のなかに蛇がかくれていて蛇の舌がもえていて憎しみの色をかくしていてにくんでほしいので背骨のない蛇をさがして

水銀の地平にうかぶ船の星の南の煙のあがるところ千の煙があがるところもやされるところとむらわれるところしんだものがことばをなくしてうめられるところ墓標は一で穴は零で数列が意味をさししめすところ骨がすてられた庭の骨がうめられた庭の骨がもやされた庭の骨がうばわれた庭の垂直におちる重力の力におちるおちているおちていたおちているはずのおちている上に落下している上方向に落下している星の方角に落下している骨をなくしたので背骨をみつけていないので落下している肉がやわらかくなっている肉の愉しみをわすれている肉をあじわっている食べることができない肉をあじわっている偽りの肉をあじわっているソウルで台北でマニラでクアラルンプールでシンガポールで窓のある部屋で窓のない部屋で落ちる星をみていた落下する方角をうしなった星をみていたやわらかい肉を太ももの上に感じながら見あげていた生暖かい潮風が吹きつけるベランダでみていた

うもれておりちらばっておりすてられておりひろいあつめることが不可能な骨の数の末端の爪があった場所にあいた穴のあちら側に見える光景の列車がうごいていて列車がはしっていて列車が真緑の森の中をはしっていて森の中に小屋がくずれてそこに貧しい子供たちがすんでいるのですがいっしゅんでみえなくなり裸の少女たちがおよぐ湖は凍りつき氷の中でうごきをとめた白い身体が群れをなしてクジラのような姿でその上を袋を引きずってあるく中年男の吐く息が零度以下の風の中きらきらと凍り付き灯台は消えて船は水面下にしずんでいてどこに向かっているのかわからなくなっているわたしが男のようにあるいていて足の裏が裂けるように痛み骨がどこにあるのかわからず手にもたされた袋の中にはあのひとのなにかがしまいこまれていてひろいあつめたものがはいっていて子供の名前をかんがえていてしんだ子供の名前をおもいだしていておもいだすだけでなにもしないでいる

ちぎれており分断されており道がなくなっており紐帯が切断されており雲と雲の隙間を縫っておちる光に照らされる雑草にふる雨の色のあのひとの尿がながれる先に四角い窓にみちる文字列にうまる骨をさがして文字列を分解して文字列を解体して文字列をくみかえてみえてきたみえないものをあつめることなく積み上げて眺めており誰もいない居間のテーブルの上に小さな塔をつくっており九つの塔をたてておりたてるたびにくずされてころげおちる破片がころがって湿気がただよう床をころがってこわれた床をころがって隙間をころがっておちて坂をくだって坂をのぼってみえないものがみえるようになりみえるものがみえないようになり転がる先の引越し先には居場所がなく誰の居場所もなくあたらしい家なのであたらしすぎる家なので文字列はひかっていて文字列は解読可能にみえて文字列は誰でも理解できるようにみえてみえているものは不可視なので鏡をこわしてこわしている

砂に骨でえがかれた数式の解の行方不明の一のXの壊れ
ている玩具よりこぼれおちた水のネジの音の走ってゆく
車の窓よりみえる菜の花畑の半島の蘭の花のひとを襲う
虎のひとを襲う象の光がつよすぎてみえない水面の波紋
のかさなる一瞬にもぐる裸体の透けてみえる骨をいちぶ
きりとっていちぶを家にもってかえってフィリピン出身
のメイドがいる家にもってかえってソファの下にかくし
てソファの隙間にあのひとが残した汚れた下着がかくさ
れていて電話をしたのですが電話にはだれもでなかった
ので窓からプールをみるとプールの水はあおすぎて底が
ないようにみえて飛び込む子供たちの姿がすぐにみえな
くなって黒い雲が水平線のぎらつく海にうまれはじめて
つよいスコールの気配がただよいはじめてあのひとがい
ないのであのひとがどこにいるかわからないので身体を
寒さでふるわせている芯までひえきっている墓石のよう
につめたい肌にふれたいのにふれたくてたまらないのに

骨ならぶ線路のまがる先太陽の煮える海の白く濁る船の
渡る橋の上であのひとと別れた最後にみたあのひとの姿
は少女のままで少女のまま死んで少女のままころしたの
で少女のまま海に眠っていて少女のまま犯されていて少
女のまま店で働いていて少女のまま電話にでていて一時
間いくらときいていて一時間を六〇に分解すると一分が
すぎる喫茶店で新宿のなめらかに磨き上げられたテーブ
ルの上におかれたアイスコーヒーの器に流れる汗の先の
煙草の箱にえがかれた天使のラッパがなりひびく夜のホ
テルで妊娠検査薬をつかってわかれた費用は三十三万の
税込みだった税金をはらっていた税金をとられていた裁
判所でお金をとられていた裁判所でお金をうばわれてい
たあなたは幸せになってくださいねと元妻がいっていた
嘘を書いているが嘘とほんとうのみわけがつかないので
つくはずもないので緑色の水にうかぶ小舟で後頭部を太
陽にやかれながら水の底にしずんでいるものをみている

記憶の背骨を欠いている年をとっている波の前にたたずんでいる足跡がけされている巻き戻っている巻き戻るはずがないものを戻している灰をあつめている灰の中に残る骨を集めている集めていると手が焼けて眼が焼けてみえなくなり感じられなくなり一緒に燃えていて肌がなくなり神経がなくなり血がなくなり臓器がなくなり骨だけになって凝縮したあのひとそのものになって永遠に水の底に保存されている凝縮したのでかたくなって凝縮したのでつよくなって集まったので壊されなくなって名前のない海の底に沈んでいるあのひとのあのひとの姿をうしろから見つめている腰をあげた姿を見つめている子供がうまれている子供がこれからうまれている子供がいなくなった後も線路をあるいている半島を縦断する線路を歩いているだれもあるかなくなった線路をあるいている枕木がならんでいる枕木が横たわっている横たわっていてうごかないので声をかけてもうごかないのでしんでいる

		7 右下の足

ふたつの柱のちゅうしん頭上よりしたたりおちる水を顔にうけてたたずんでいるたたずんでいる焼かれているしずかにもえている水のしずかにもやされているあのひとの煙が校舎にただよう泣き声の出所をさがして廊下をあるいている廃屋をあるいている庭をあるいているゴミが積みかさねられていて鴉たちがあつまる猫の死骸のまわりに虫たちが王国をつくり子供のいない家庭の王国をつくり子供を子供がつくっていて子供が子供をつくらされていて井戸のなかにすてられていてみえないところにすてられていてすてられているものたちが声をあげていて歩いていく歩いてゆくしかないどこにつながるかわからないけれどどこにむかっているのかわからないけれどもどこへいきたいのかわからないけれども足を前にすすめてあのひとの失われた大腿をもとめてわたしをやさしく抱きとめてくれた肉をもとめてまるくあたたかい日向のにおいがする肌をもとめてさがしていてさまよっている

電磁的にひかる花々がゆれることなくゆれる湖底にしずむしずんでいるしずんでいたはずのあのひとの亡骸はばらばらに引き裂かれて溶かされて再利用されて電子部品になってわたしの携帯に入っている金色の地図をはしる一個の電子となって連絡する連絡している女に連絡している女たちに連絡している女たちはいつでもわたしをまってくれている女たちはいつでもわたしをあいしてくれている女たちはわたしをゆるしてくれている女たちをさがして女たちをもとめて女たちが沈められている湖をボートですすむ湖水を循環させる装置が水を吹き上げわたしは女に自慰をさせてその様子を撮影している雲がひかっている雲がしずかにひかっている遠くのボートにあのひとが立っているあのひとがわたしのしていることをみつめているいつでもあのひとの影がわたしの身体にかかっているあのひとの影は夜そのものとなってわたしのふるさとを覆っていてわたしのことばを影でつつんでいる

足を四本ちぎられた蜘蛛の残りの足は四本でちぎった足をすてるあのひとの怜悧な横顔をみていました不要なものはちぎってすてるのよというあのひとの唇の紅さをみていました身体のまろやかな曲線をみていましたみていたのですがみていたはずなのですが曲線は逆向きに歪んで直線になり直線は奥行きをもたない家になり仮象の家屋の中にいる薄っぺらな父親が子供をなぐっていて薄っぺらな夫が妻をなぐっていて薄っぺらな男が愛人をなぐっていてなぐっているのに自分が被害者だとおもっていて自分こそがいちばんくるしんでいるのだとおもっていておもっていたので庭で火がもえていて庭のまんなかに掘られた穴に猫が死んでいて猫の毛がむしられていて猫の眼がひらかれていて青くひかる空が映っていて煮えたぎる海水で死ぬ魚たちの細い骨が沈んでいて雲がちぎれていて雲がよぎっていて記憶をさかのぼっていて歩いていて歩いていくはずで歩いているので歩いているはずで

ひかるひかっているひかっている庭の青の猫の花のねじれた根の隙間にからまった大腿骨の太さをいまなつかしんでいる泡立てた卵白を足の爪に落としたあのひとの足下にひざまずいて舐めている舐めていたのでみえなくなってみえなくなっている間にあのひとは足を残してきえていて足だけがのこっていて足だけが置かれていて足首がおもったよりも重かったので袋につめて河口に小舟でむかうわたしの背後に丘の上の神社の社のやけおちた鳥居の背後に円形にきりとられた太陽がくろくひかっている光を吸収してひかっている落ちる星はみえないおちてくる彗星はみえない煙があがっているあちこちから煙があがっている日本人街がもえているみえることのない煙があがっているプールで子供の手をつないでいてプールで子供と遊んでいてプールで子供の手を離してしまったので行方がわからなくなって行方がみえなくなって子供の名前がわからなくなり誕生日をわすれてしまっている

ちゅうしんにはなにもありませんでしたヤシの実を割ったその中身はからっぽでした割ったあのひとは笑っていました最初からなにもはいっていないといったでしょうと笑っていましたその通りでしたヒールで殻を踏み砕くと記憶もくだけちって砂になって海におちてゆきました海にしずむ砂となって十年以上がすぎましたいまはあのひとがいない場所であのひとがいない国であのひとがいない時間であのひとの肖像画をかいていますあのひとの墓をあばいていますいまはあのひとの両足をおもいだしていますあのひとのなめらかな大腿とあのひとのすべすべのふくらはぎとあのひとのすこしかたいひざ小僧とあのひとのいびつな真っ赤な爪をおもいだしています無毛の肌に点々と痕跡をのこして去っていったたくさんの男たちあのひとが愛したたくさんの男たちのことを記憶することはありませんでしたあのひとは足にきざまれた傷の数だけ男をあいしてそしてすぐにわすれてゆきました

くるしい顔と笑顔のみわけがつかないほどゆがんでいる場所にいます場所にすんでいます場所にとらわれていますのろわれているのでその場より外にでられません足もないのでうごけません身体もないので感じることもできません透明にすきとおるこころで濁った水をあびています透明にすきとおるのでなにもかもがみえていますみえていて凍っていますみえた瞬間にこおることばで濁っています濁っていて海へとながれていますながれていてながれたものをとむらっていますくるしくはありませんうれしくもありませんわらってもいませんひとりで座った姿勢をとっています座った姿勢ですが座っている身体がないので座っている気になっているだけでじつは立っているのかもしれませんじつは立ってすらいないのかもしれません存在もしていないのかもしれませんなにもないのでなにもえていないのでなにもえられないのでなにもえられないことばしかないのでなにもえられていません

壁のない迷路をあるいている夢魔に足をひかれている先
にひそんでいる箱がおかれている箱の中にはあのひとが
収まっているあのひとの一部がおさまっている箱をあけ
たくないので箱をあけることができないので坂をのぼっ
ていて丘をくだる線路がたちきられ水没するさまをみて
いる斜めにおちる光にてらされた石碑をみているおもさ
のない身体がおもさのある世界に影をおとしている影だ
けでつながっているので伸びた影だけでつながっている
のであのひとの画像がみだれているあのひとの画像がこ
われている不可逆的にこわれているこわれているので再
生している再生をこころみているだがうしなわれた部分
はとりもどせないのでうしなわれた穴をうめているうし
なわれたものをまがい物でうめているうめているうちに
まがいものがほんものにみえてくるのでほんものをあい
しているあいしているのでくべつがつかずにあのひとを
とりもどしているとりもどしているのでみちたりている

なぜ親をあきらめるのかとなじられているそれでも親かといわれている親の資格があるのかといわれているいわれている広場で逆さに吊るされている砂時計がつねに反転してとまっているとまっているので円環のなかにいる円環は蛇のかたちをしていて蛇のかたちをしているのでめぐっていて同じところをまわっている回転木馬の上で座っている湿った太ももの感触をおぼえている錆びついた遊具の格子の中にいたあのひとの影あのひとの背中にはりついた何かの黒さを丘の中腹にできた塹壕跡にはいっていくわたしとあのひとの姿をみている穴蔵にはかつてひとを殺すためにつくられた武器の残骸が虫のようにちらばりさびついていてくさっていてくさっていてぼろぼろになっていて殺せるものは美しいわとあのひとがいうのでしずかにうなずいてうなずいていたけど考えていたのは太ももの間にあるもののことだけでそのことを知られたくないので穴の外からさしこむ強い光をみていました

ふたつの足のあいだの門を犬のような姿でくぐりたどりついたこわれたちらばる遊具の野原にあのひとの影がたっていましたあのひとの影が指さす先にはかつて家であった廃材の山がそびえていて黒くくすぶっていました燃やしてほしいとあのひとはいいました灰にしてほしいとあのひとはいいましたですがわたしはあのひとに会いたかったのであのひとをあきらめることができなかったので掘り起こしています土をほっています墓をほっています骨をさがしていますあのひとがかくしたものをさがしていますわすれられなかったのであいしているとおもっていたのでころしたけどごめんなさいといいたかったのでいいたかったけどだれにもつたえることができなかったので反省している様子をみせてほめてほしかったので自分はほんとうはいいひとだと知って欲しかったので頼まれたことをわすれてほっていますほりかえしていますむしかえしていますあのひとがいっています燃やしてと

8 右の性器

だいています毎日ちがう性器をだいていますだいていますが毎日ちがいます毎日ちがうようで毎日おなじで毎日おなじなので毎日ちがうものをもとめていますまいにち性器をもとめていますもとめているのでもとめていたはずなのでゆいいつの性器をさがしていますなくした性器をもとめていますきりとられた性器をもとめています半島の先にたれさがる性器をもとめています半島の先にうけいれる性器をもとめていますもとめていましたがもとめていたはずなのですがあまりにもあのひとがうつくしいのであまりにもあのひとが無垢なので四つんばいになって拝んでいます毎日おがんでいます手をあわせています都内のストリップ劇場でおがんでいますピンサロでさすっていますヘルスで洗っていますテレクラで色をきいています自宅に陰毛が茶色のデリヘルをよんでいます電話で呼んでいます電話しているので電話をいつでもしていて電話でさがしていて電話がなければさがせないので

とじこもっていますとじこめられています自分でとじこめています自分の体のなかに自分をとじこめています迷路の一角窓のない部屋とじこもっていてとじこめられていて時間がありあまっているのでとりあえず自慰をしていてとりあえず自慰をしていてとりあえず自慰をしていて自慰しかすることがなく自慰しかすることがないので扉の外に準備された食事について知ることなくどこかで産まれた子供のことを知ることなく自慰をしています性器だけになって性器だけがちゅうしんで性器だけがすくいで性器がなければいきてゆけなかったので青い箱をみつめています青い箱のあちら側の野原をみつめています野原に裸がころがっています野原に骨のような女たちがころがっています野原にころがっているのでもやしていますもやしていますもやさなければたえられないのでもやしていますもやしているので煙がでます煙がでています煙が部屋にみちています煙でなにもみえなくなります

みえない壁にくぎられる肉のふくろの中の道でまよっています道がないので道しるべもないので約束もわすれたので暗号を解くための鍵もないのでどこかにいるあのひとをさがしてどこかにいるはずのあのひとの声に耳をすませていますすませていると体がすきとおりますすきとおると空がみえます燃え上がる太陽で赤く濁った空がみえます日焼けした肌に残された蚯蚓腫れがわたしにつたえていますわたしにたすけてほしいとつたえていますでも無視していますでもみないふりをしていますいつでもみないふりをしていてじぶんをまもっています自分が満足すればもんだいないので自分の下半身がみたされればもんだいないので産まれるかもしれない子供のことなどかんがえず出していてうけいれられていて顔をみずに悦んでいて顔がみえず顔のない女たちにかこまれてしあわせな生活をおくっていますおくっているのですが重なる声が呪いのように聞こえるので鍵をもって逃げたのです

おなじ月をみているおなじ月をみあげている監獄でみあげている格子窓の下でみあげている仮象の窓をつうじてみあげているみあげていると生ぬるい雨がふってくる羊水がふってくるあたたかい胎盤より血がながれてくる血がながれている腹部がうごいているうごいているのでうごいていたのでわたしは机の前にとらわれてあのひとの姿をえがいているあのひとの姿をのこしているあのひとの名前をおもいだしている公園の蛇口にながれたあのひとのひんやりとした亡骸を蛇口のひんやりとした水の銀色のながれの先の小舟の河口の南にある熱帯の帝国の周辺のおわりのおわっているおわっていたはずのおわっていたはずのわたしの子供のながれてながれながれてながれ名前をつけていた名前をつけていたはずだった名前をつけていたが大学病院の病棟の待合室でまっていたながれるのをまっていたながすのをまっていたながすのをまっていてなにもしなかったのでながれながれてしまった

まよいこんだ森のまよいこんだわたしのまよいこんだ肉のまよいこんだ襞のまよいこんだ沼のまよいこんだ草むらのまよいこんだ夢のまよいこんだ窓の窓の外の窓の内の窓のこわれた窓のこわれている窓のこわれている窓のこわれたはずの窓のみえない窓のみえることなく窓のみえるはずもなく窓の外にでたわたしの背中が日にやかれる両肩がやかれるアスファルトに影がおちるとけているやわらかくなっている肉のようにやわらかい土に肉のようにやさしい土に膝をついている膝をついているので土にしずむ顔にふれているふれようとしているふれようとしているが消えてしまってみえなくなってしまってふれられなくなってしまってかなしくなってかなしくなったけれども気持ちをうしなっているのでことばもうしなっているので手足もうしなっているので体もうしなっているのでかなしみをあらわす方法がなくくるしさをあらわす方法がなくさみしさをあらわす方法がなくなにもない

おわってしまったおわりがおわってしまったおわりのおわってしまったおわりのおわってしまったおわりのおわりのはじまりのはじまってしまったはじまりのはじまってしまったはじまりのはじまりで点をうっている点を肌にうっている点を肌にうっていて点を下腹部にうっていて点を下腹部にみせていて点を下腹部にながしていて点を下腹部のゆるしの出づる場所にもとめていて点でしかないので大きさのない点でしかないので大きさがないので面積もないので面積のない仮象の点でしかないのでわたしは太さがなくわたしは平行移動する点Xでわたしは Xであのひとはあのひとの名はあのひとの名前はXに呼応するはずなのであのひとをさがしておわっているおわっていたはずだったおわっていたはずだったのでおわっていたはずの水辺に水辺に水辺に鳥たちが鳥たちがあつまってパンをたべているパンを投げる小さな手をみている手をみている手をとろうとしている手がみつからない

ながれにさからっているながれにさからっているながれにさからっているながれにさからっている濁る白く星のながれにさからっている星のながれにさからっていて土手にたって眺める流星雨にさからっていて雨がふる雨がふっているもえることのない星がもえることのできない星がひえているひえている歴史もひえているわたしもひえている重力もひえているひえていながら静止している時のなかで静止している消失点で静止している静止しているので奥行きがないので時間がないのでなにもないので愛がないのでやさしさがないのでいとしさもないのでなくしたのでなくしたものをとりもどそうとしているので葬儀をおこなっているので巨大な荼毘が必要なのでもやすものがおおきいのでもやすべきものがおおきいのでたくさんの塔をたててたくさんの丘をこえてたくさんの野原をぬけて星をあつめて河をこえてマンゴスチンの腐肉をふみこえてもやしたいのですもやしたいのです

みつかったらよかったのにあのひとがみつかったらよかったのにみつからないのでみつからなかったのでみつかるはずがないのでみつからないものをみつけていますみつけているので満足していますみつからないものをみつける歩みで店にかよいます毎日店に通っています下半身をあらっています下半身をあらうといっしゅん満足しますいっしゅんみたされますいっしゅんあのひとの香りでみたされますですがにせものなのでですがまがいものなのでよごれた部屋にいますよごれている部屋にいますどこか高いところから声がきこえますどこか高いところにスピーカーがとりつけられていますスピーカーから奇妙な音楽がながれています奇妙な音楽にはあのひとの声がはいっていますたすけてほしいと声がいっていますわたしをもとめてほしいと声がいっていますわたしを見いだしてほしいと声がいっていますわたしはたちあがります獣の下半身でたちあがります無力なままたちあがります

枯れた幹に斜めに吊るされてゆれるわたしのわたしの肉より落ちる白く汚れた血の土の虫の翅のかがやきの星のあちら側の裏切り者のあのひとのあなたはうらぎりものであなたはうそつきであなたはあなたは声がきこえなくなり斜めにつるされて地平線にもえるものをみつめている仮象の国にもえる塔をみつめている煙がまっすぐに立って煙が性器のようにゆれて立っていて空にちぎられていて居場所のないまま飢えをかかえてさまよう子供らが青ざめた顔をして血の中を裸足で歩いていて銀の針のような雨がさしつらぬいている水の上にひかる舟にながれるながれているながれていった祈りのながれる祈りのゆるされることのない祈りの声の声がしています声がきこえています声は不可能な声はきこえていますがいつでもきこえているのですが聞くつもりがないので聞こえていないのと同じできこえていません存在していませんわたしはこの世界に必要とされておらず愛されることもない

9 中心の腸

腸のかたちをした迷路にまよいこんだ肉のかけらとしてながれる水をながれる側溝をながれる河をながれるながれてながれこむ海の色の海の塩の柱のふりかえったしゅんかんにやかれたわたしのわたしの肉のわたしの娘のわたしの妻のわたしの子のわたしのわたしのことばにできないものをことばにして迷路のどこかに建つという家をさがしている公園のそばに建つという森のそばにあるという道で猫が死んでいるという砂場に透き通るガラスが埋まっているという老いた女がしずかに狂っているという老いた妻がテーブルについて夫のかえりを待っているというだが外に降る鉛色の雨が七億粒の雨が降っている雨がきりさいている雨が存在をけしさろうとしているながしてしまっている雨がながしていてながされていて雨がよごしていて雨がよごれているものをよごしていて雨がふっていて雨がふりしきっていてシャワーが蛇のようにのたうっていて女がわらっていてわたしは黙っている

さようなら答がないのでさようなら答がないので黙っているいる答がないので下半身を海にひたしてみえない迷路をあるいている突然水が冷たくなる場所へと突然水が深くなる場所へとすすんでいるすすんでいるのだがみえることのない枠組の中にてかたちのないわたしをさがしていてかたちのない魂をさがしていていてにくんでいてにくしみをかかえていていてにくしみをどうにもできないのでにくしみをなんとかしたいので血をながす拳が必要だったので定義できない壁を壊すためのなにかが必要だったので手を切り落とされた像が立っている手をなくした像が丘にたっている顔が削り落とされている陛下の顔がけずられている削り落とされているので遺骸が森にすておかれている森でくさっている腸がふくれている迷路が破裂しているかつて陛下にさからった少年たちの首がころがっている横にころがっている縦にころがっているころがっている石ころのえがいている国の不在のちゅうしんにいる

迷路のちゅうしん曼荼羅のちゅうしんわたしのちゅうしん国のちゅうしん立ちならぶ塔のちゅうしんちゅうしんのないわたしのちゅうしんのないわたしの父のわたしの子のわたしの仮象の姿のわたしのあのひとの子のあのひとのほんとうの姿があらわれるあらわれている立ちあらわれているあつめた遺骸からあつめた遺骨からあつめた肉からあつめた腐肉からあつめた記憶からあつめたものから燃えることのない炎がもえているもえているのでもえているので近寄れないので近寄れないのでただもえあがる炎をみていましたみていましたついによみがえるあのひとのすがたをみようとして眼がつぶれていて耳がきこえなくなって指がきりとられているのでなにもできずにただ地面にいや土のうえにいや水のうえにいや庭のうえにいや何かのうえにはいつくばってみていましたあのひとの笑顔がいっしゅんで苦痛の顔へと変わりいかりの声に変わりゆるさないという声に変わり空がこおりつく

こおっていますこおりついていています窓のない部屋で窓か
ら風がふきこんでおらず風はどこにもなく窓がないので
壁もないので壁もないのに壁があるとおもっている壁が
あるのに壁がないとおもっているわたしの迷路の内臓の
内側にかくれている悔恨のくやしくはなくさみしくはな
くかなしくもなくとりもどしたくもなくかわいていてか
わいているのでかわいたままこおっていますくだかれて
いますくだかれていて氷が砂になって砂が土になって土
がひとになってひとが塩になって塩が海にかわる海にと
ける光のあのひとのあのひとの臓腑がながれていますな
がれてしまったものはもうもとの点にはもどれないので
拡散してしまったものをひとつにあつめてもそれはどこ
かもとあったものとはちがっているので拡散して拡散し
てしまって拡散してしまった画像をひろって保存してか
くしてひろって保存してながめてひろってひとりでなが
めているながめていますあのひとをあいしてみています

落ちることを忘れた雨粒吹くことを忘れた風うごくこと
のないわたしが宙吊りになってゆれています裏切り者な
ので首を吊るしかなかったあのひとのように逆さまにな
ってこの国をうしなわれた玉座からながめていますなが
めている錆びた刃が七億積み重なる屍の山の上にただよ
う英霊となって水平線の底にのびる永遠の影となって声
をあげていますす声をあげていますす震えることのない空気
で音がつたわらず光がとおらずみることもきくこともな
く父と母をへだてる言語的差異もうしなわれて違いその
ものとなって違いそのものとなって坂をのぼってゆきま
す影となってのぼってゆきますのぼっていながらおりて
いますおりていながらのぼっていますどこかで会った老
婆の声がきこえていますきこえていますが忘れてしまっ
たので産まれる前になくしてしまったので腸の脇の小袋
の中でうまれた虫であったときのことをなにも思いだせ
ないので土にかえっています土にまみれて土になります

長さのない記憶おもさのない骨をぱりぱりとかじるわたしのうつろな肉体にみたされた青い水がこぼれてゆくこぼされてゆくつたわることなくちらばってゆく一滴のうちに海がひそむならば一滴にはあのひとの血と肉がかくれているはずで海岸線に半ばうまった小舟をほりおこしたシャベルでほりおこした土葬された骨を骨のかたちをきざんでいる砂の上に記録している砂のうえに文字コードで記している文字コードを解読する石をさがしている約束がきざまれたノートをさがしているやぶられたノートをさがしている結節点でさがしている記憶と時間のかさなる無限にちいさな一点にてさがしているあのひとをよびもどすちいさなパズルちいさな迷路をかくした七億の回廊をもつ迷路によって内臓のように構成された複数の鐘楼にまもられた灯をともして灯した時によみがえる空がわれるはずで天がおちるはずでうらがえった獣のふりをしたわたしがうらがえったまま内臓をさらしている

いつわりのかなしみの器のこわれた杯のこわれた瓶につ
められて保存された内臓のけしてみてはならないものを
みてしまった壁の穴のあちら側迷宮にひそんでいる怪物
の姿の背中をみて逃げた先にある鏡に映る怪物の逃げ出
した先の小さな窓のない部屋の窓のある部屋の電気がつ
いています螢光灯がついていますひとりでついています
誰もいないはずなのについていますテーブルがあります
手紙がおかれています出ていったひとの手紙がおかれて
います手紙にはこう書いてあります手紙にはこう書いて
あったはずですなぜなら手紙は読まずに捨てたので捨て
た手紙は灰となって川をくだり海にながれたはずなので
にくしみのことばはわたしにとどくことなくみなかった
ふりをしたわたしは暴力とは無縁の美しい国にすんでい
て平和なので血もながしていないので足が迷路にはまり
こんでいてとりこまれていて体が壁にあわせてゆがんで
いてゆがんでいるのでまがったものこそまっすぐみえて

さみしかったのよとあのひとは書いていました斜めにかたむいている時間の斜めにかたむいた視線の斜めに傾いた地平線の斜めにかたむいたわたしのなかにつくられた迷路わたしがとじこめられた迷路の名をかきしるさねばかきしるすことがゆいいつわたしが救われる方法であるような気がしてゆいいつわたしが赦される方法であるような気がして気がしていたのですがことばを忘れてしまったのであのひとが言っていましたわたしをどうして殺したのかと言っていましたいっていたのですが耳をふさいでいたのできこえていなかったはずなのですが毒のことばが内臓に染み込んで血管をたどって体の九つの部位にゆきわたり拡散してわたしを構成してしまっているので分けることはできず取りだすこともできずうしなわれたものをとりもどすことはもうできないので掘り返しても土しかでてこないので灰となって白い空にのぼってきえてしまったのでさがしています星をみる眼でしずかに

あわいひかりのなかひとりではなかった複数のひとりでいて複数の貌がうめられていてひとりではなく遺骸となって再会していたふたたびあのひとともめぐりあっていた迷路の壁が音もなく溶けてゆきおわったものがよみがえるあのひとの声とともにおわったものがふたたびはじまろうとしている腐りおちた性器の塔と腐ることのない墓石のふるさとに足をふみいれることなく斜めに等速度でとおざかってゆくいつわりしかなくいつわりであるからこそ赦されておりいつわりであるからこそ石ころのよろこびがあり体の部分をうしなって肉をうしなって魂をうしなってなにもなくなった空間にひろがる螺旋のような道をたどってたどってゆくあいだにいくつかの答を見いだしてはみたがどれも読めなくなっていてどれも解読ができなくなっていて解けなくなった暗号を片手に水にながれてながされてしずんでゆくあのひととともにしずむからっぽの手を握りしめて歳月をかぞえることもなく

覚書——読者へ

いまここにあるほんとうの風景を書きたい、長いことそう考えてきた。だがまず私は、そのために必要となることばの貧しさをかくとくせねばならなかった。

父を持てないこと、父に成れないこと、父を殺せないこと。これらの背理にまつわるいずれの個人的な出来事も偽りであるほかなく、同時に、そのいずれも実際に起こったことに基づいて書かれるほかなかった。

私は日本語の中心にあるうつほを「あのひと」と名付け、周辺を埋めてゆくことによって、その空虚に形をあたえようと試みた。本書はその不可逆的な旅の記録である。

本書は、九つの小正方形が、九つの中正方形をつくり、これら八一枚の紙片を螺旋状に集め、一つの巨きな正方形をかたちづくるという様式に支えられている。仏、鬼、罪人の姿が収められた立山曼荼羅吉祥坊本と成田山新勝寺の大曼荼羅図が念頭にあった。

塔は慰霊のためにつくられるという。

螺旋を描いて空へとのぼる不可能な祈りを、ばらばらになった私たちに届ける。

二〇一八年一月

根本正午

根本正午（ねもと・しょうご）

一九七五年千葉県旧佐原市生まれ。
熱帯のシンガポール共和国で子供時代を過ごす。
ウェブサイト　marginalsoldier.jp

仮象の塔または九つにわかたれたあのひとの遺骸をさがす旅＊著者根本正午＊発行二〇一八年三月七日初版第一刷＊発行者鈴木一民発行所書肆山田東京都豊島区南池袋二-八-五—三〇一電話〇三—三九八八—七四六七＊装幀亜令＊組版中島浩印刷精密印刷ターゲット石塚印刷製本日進堂製本＊ＩＳＢＮ九七八-四-八七九九五-九六六-九